AF202960

Dieses Buch ist allen Mahnern und einsamen Rufern gewidmet, denen das Wohlergehen unserer Gesellschaft am Herzen liegt. Jeder kritische Geist ist einsam und gehört zu einer Minderheit. Die Minderheit von heute kann jedoch die Mehrheit von morgen sein.

Dieses Buch ist vor allem auch meiner Frau Marlene gewidmet für ihre kritischen und klugen Ratschläge, die mich in meinem Leben begleitet und die mir stets eine gute Ratgeberin ist.

Bonn, im April 2020

Michael Ghanem

„Die Gedanken sind frei"

Leonidas
der Große

oder

Ich bin ein Mensch!

© 2020 Michael Ghanem

Verlag und Druck: tredition GmbH, Halenreie 40-44, 22359 Hamburg

ISBN

978-3-347-04773-0 (Paperback)
978-3-347-04774-7 (Hardcover)
978-3-347-04775-4 (e-Book)

Das Werk, einschließlich seiner Teile, ist urheberrechtlich geschützt. Jede Verwertung ist ohne Zustimmung des Verlages und des Autors unzulässig. Dies gilt insbesondere für die elektronische oder sonstige Vervielfältigung, Übersetzung, Verbreitung und öffentliche Zugänglichmachung.

Zum Autor :

Michael Ghanem

https://michael-ghanem.de/

Jahrgang 1949, Studium zum Wirtschaftsingenieur, Studium der Volkswirtschaft, Soziologie, Politikwissenschaft, Philosophie und Ethik, arbeitete viele Jahre bei einer internationalen Organisation, davon fünf Jahre weltweit in Wasserprojekten, sowie einer europäischen Organisation und in mehreren internationalen Beratungsunternehmen.

Bonn, im April 2020

Er ist Autor von mehreren Werken, u.a.

„Ich denke oft…. an die Rue du Docteur Gustave Rioblanc – Versunkene Insel der Toleranz"

„Ansätze zu einer Antifragilitäts-Ökonomie"

„2005-2018 Deutschlands verlorene 13 Jahre Teil 1: Angela Merkel – Eine Zwischenbilanz"

„2005-2018 Deutschlands verlorene 13 Jahre Teil 2: Politisches System – Quo vadis?"

„2005-2018 Deutschlands verlorene 13 Jahre Teil 3: Gesellschaft - Bilanz und Ausblick

„2005-2018 Deutschlands verlorene 13 Jahre Teil 4: Deutsche Wirtschaft- Quo vadis?"

„2005-2018 Deutschlands verlorene 13 Jahre Teil 5: Innere Sicherheit- Quo vadis?"

„2005-2018 Deutschlands verlorene 13 Jahre Teil 6: Justiz- Quo vadis?"

„2005-2018 Deutschlands verlorene 13 Jahre Teil 7: Gesundheit- Quo vadis? Band A, B und C"

„2005-2018 Deutschlands verlorene 13 Jahre Teil 8: Armut, Alter, Pflege - Quo vadis?"

„2005-2018 Deutschlands verlorene 13 Jahre Teil 9: Bauen und Vermieten in Deutschland - Nein danke"

„2005-2018 Deutschlands verlorene 13 Jahre Teil 10: Bildung in Deutschland"

„2005-2018 Deutschlands verlorene 13 Jahre Teil 11: Der Niedergang der Medien"

„2005-2018 Deutschlands verlorene 13 Jahre Teil 12: Literatur – Quo vadis - Teil A"

„2005-2018 Deutschlands verlorene 13 Jahre Teil 13: Entwicklungspolitik – Quo vadis - Teil A"

„Eine Chance für die Demokratie"

„Deutsche Identität – Quo vadis?

„Sprüche und Weisheiten"

„Nichtwähler sind auch Wähler"

„AKK – Nein Danke!"

„Afrika zwischen Fluch und Segen Teil 1: Wasser"

„Deutschlands Titanic – Die Berliner Republik"

„Ein kleiner Fürst und eine kleine blaue Sirene"

„21 Tage in einer Klinik voller Narren"

„Im Würgegriff von Bevölkerungsbombe, Armut, Ernährung Teil 1"

„Im Würgegriff von Rassismus, Antisemitismus, Islamophobie, Rechtsradikalismus, Faschismus, Teil 1"

„Im Würgegriff der politischen Parteien, Teil 1"

„Die Macht des Wortes"

"Im Würgegriff des Finanzsektors, Teil 1"

"Im Würgegriff von Migration und Integration"

„Weltmacht Wasser, Teil 1"

„Herr vergib ihnen nicht! Denn sie wissen was sie tun!"

„Verfallssymptome Deutschlands – Müssen wir uns das gefallen lassen?"

„I know we can. Eine Chance für Deutschland"

„Deutsche Identität und Heimat – Quo vadis?"

„Im Würgegriff der Staatsverschuldung, Teil 1 und Teil2"

„50 Jahre Leben in Deutschland: Ein Irrtum? Ein Schicksal"

„Eine Straße ohne Seele"

„Ist Deutschland auf Sand gebaut?"

Inhaltsverzeichnis

1. Vorwort

Ich habe beschlossen, dieses kleine Büchlein über einen Menschen zu schreiben, den ich das Glück hatte kennenzulernen.

Ich habe ihn für dieses Buch Leonidas den Großen genannt. Das war nicht sein wirklicher Name, aber er erscheint mir seiner Person angemessen und bringt zum Ausdruck, dass er wirklich ein ungewöhnlicher und ganz besonderer Mensch war.

Leonidas war weder besonders attraktiv, er war er von der Erscheinung her wie ein typischer Grieche, auch wenn er keiner war.

Er war weder laut noch herrschsüchtig, aber er hatte eine natürliche Autorität und sprach mit leiser Stimme. Im Nachhinein erfuhr ich, dass er von irgendwoher aus dem Mittelmeerraum kam. Er schien eine erstklassige Erziehung und Kultur genossen zu haben, was wiederum mit Sicherheit ein Ausdruck seiner Herkunft war.

Sein Schicksal, das ich zeitweise teilen durfte, schien nicht immer sehr glücklich gewesen zu sein, auch wenn es anders erschien. Er hatte eigentlich alles, was man sich wünschte, er sah wie ein griechischer Gott aus, er war intelligent und anscheinend war er auch vermögend.

Ich weiß immer noch nicht, warum er gerade Deutschland ausgewählt hatte, um sich hier nieder zu lassen.

Dieses Buch könnte jedoch als Warnung für jeden gut gestellten Jugendlichen sein, sich in ein Land zu begeben, in der Oberflächlichkeit das Hauptanliegen der Gesellschaft ist. Dieses Buch könnte jedoch auch jenen dienen, die ihren Glauben an die in Nordeuropa verbreitete Kultur ihrer Väter und das kritische Denken bewahrt haben.

2. Die Straße ohne Seele

Zunächst möchte ich beschreiben, wo ich seit 50 Jahren lebe und wo ich Leonidas den Großen kennengelernt habe. Ich sehe inzwischen die Straße und ihre Bewohner auch aus den Augen von Leonidas und seinen persönlichen Erfahrungen. Diese Beschreibung erklärt auch, warum Leonidas sich hier immer als ein Fremder und nicht willkommen gefühlt hat. Auch für mich ist das Leben in dieser Straße keine Freude mehr.

Die Straße ist ca. 300 m lang und in endet in einem Park. Die Straße ist breit und hell, was eine Seltenheit ist in diesem sogenannten Villenviertel. Denn die Bäume waren nicht sehr hochgewachsen und vor allem war die Straße an sich sehr breit. Die Straße hat ca. zehn Häuser entweder aus der Belle Époque oder aus den dreißiger Jahren.

Der Rest der Häuser ist relativ neu d. h. in der Nachkriegszeit gebaut. Zwei Häuser sind sogar in den achtziger Jahren gebaut worden. Die Straße ist sehr ruhig und hat wenig Verkehr, jedoch muss man bemerken, dass kaum Kinder auf der Straße spielen.

Folgende Einwohner leben in der Straße:

Am Anfang der Straße ist ein großes Haus mit großem Garten, welches teilweise als Arztpraxis dient, teilweise privat vermietet und wo der Besitzer selbst darin wohnt.

Dann folgt ein Mehrfamilienhaus mit Garagen; deren Mieter sind kaum bekannt in der Straße, man weiß nicht wer sie sind, wie sie aussehen, keiner von denen hat jemals einen guten Tag gesagt oder sich vorgestellt.

Gegenüber steht ein Einfamilienhaus aus den Dreißigerjahren, das in den letzten zehn Jahren wegen Scheidung der Ehepaare mindestens fünfmal verkauft worden ist. Es folgt ein Doppelhaus, die Hälfte davon wurde eine Zeit lang von katholischen Schwestern bewohnt und später an eine Familie verkauft, die das ganze Haus renoviert hat.

Auch diese Familie vermeidet tunlichst irgendeinen Kontakt mit ihren Nachbarn.

Der zweite Teil des Doppelhauses war das Wohnhaus eines kleinen Unternehmers, der vor Jahren gestorben ist und es wurde verkauft an eine Familie, die eine gründliche Renovierung vorgenommen. Diese Familie hat auch Kinder, sie vermeidet jedoch jeglichen Kontakt zu ihren Nachbarn.

Demgegenüber steht ein Doppelhaus, dessen eine Hälfte durch einen hochrangigen Berater der Bundesregierung bewohnt ist. Zu ihm und seiner reizenden Frau hatten Leonidas und seine Frau einen leichten Kontakt. Der zweite Teil des Hauses wird bewohnt von einem pensionierten hohen Beamtem mit seiner Frau, die sehr wenig Kontakt mit ihren Nachbarn haben. Der Nachbarn des Beamten ist ein sehr liebenswürdiger pensionierter Rechtsanwalt mit seiner Frau, zu dem Leonidas eine relativ gute Beziehung hatte.

Demgegenüber ist die Hälfte eines Doppelhauses, die früher einem jungen Einzelgänger gehörte, nach seinem Tod hat seine Witwe sich mit einem dubiosen Menschen eingelassen. Die zweite Hälfte des Hauses gehörte einem Militärarzt, dessen Witwe mehrere Häuser hatte und zu der Leonidas intensiveren Kontakt pflegte. Die alte Frau wurde über 96 Jahre alt und war in den letzten Jahren ihres Lebens dement, was in abscheulicher Weise von ihren Nachbarn ausgenutzt wurde. Schlimmer jedoch war das Verhalten ihrer Tochter, die immerhin das Haus erbte und die letztendlich ihre Mutter in keiner Weise gepflegt geschweige ihr geholfen hat. Dieses Haus wurde nach dem Tod der Mutter an ein junges Paar verkauft, das eine sehr intensive Sanierung vorgenommen hat.

Als Nachbar folgt ein pensionierter Hausmeister, der das Mehrfamilienhaus von seinem Arbeitgeber zu einem symbolischen Preis unter dubiosen Umständen erworben hatte. Er ist verheiratet mit einer äußerst herrischen Frau, die sich dadurch gekennzeichnet, dass sie ihm befiehlt und steuert. Zudem sind sie die Prototypen von Gutmenschen, des Pharisäertums, des Rassismus und der Verlogenheit. Übrigens wurde dieses Haus von einer Nazi-Größe für seine Geliebte gebaut.

Demgegenüber ist ein kleines Einfamilienhaus, das einem sehr netten aber inzwischen verstorbenen hohen Beamten gehörte. Seine Witwe jedoch ist äußert bigott und ein personifizierter Gutmensch.

Als Nachbarn haben sie eine Ärztin und einen höheren Beamten, die vor 30 Jahren durch allerlei illegale Machenschaften ein neues Haus gebaut haben, das mehrmals mit Baustopps belegt wurde. Diese Ärztin hat sich als eine verkappte Nazianhängerin entpuppt, die stets versucht hat Leonidas in Misskredit zu bringen.

Demgegenüber ist ein Doppelhaus, dessen Besitzer ein kleiner Rechtsvertreter aus Frankfurt ist und der meinte der Herrgott der Straße zu sein, weil er Jurist ist und die Gesetze so gut kennt. Auch dieses Haus wurde renoviert. Er war verheiratet mit einer Ostdeutschen, die in seinem Haus wohnte und sie personifizierte alle negativen Vorurteile über Religionslehrerinnen.

Deren Nachbarn hatten in den achtziger Jahren ein neues Haus gebaut, in diesem Haus wohnen einige der wenigen Ausnahmen der gesamten Straße, mit denen Leonidas sehr gut auskam.

Demgegenüber stand ein Haus, dessen Eigentümerin sehr vernünftig war, das dann aber durch Erbschaft an neue Eigentümer ging, die eher einer sozialen Unterschicht angehören.

Das Nachbarhaus dazu war ein Mehrfamilienhaus der Belle Époque, in denen die geistigen Väter des Grundgesetzes gewohnt haben. Zurzeit wird das Haus bewohnt von einem Universitätsrektor, zu dem Leonidas gute Beziehung hatte.

Im anderen Teil der Straße, die durch eine Querstraße unterbrochen wird, gibt es folgende Häuser:

An erster Stelle ein Einfamilienhaus mit Garten, das höchstwahrscheinlich Anfang der sechziger Jahre gebaut worden ist und total erneuert wurde, bewohnt von einer sehr sympathischen netten Familie, zu der Leonidas und seine Frau eine gute Beziehung hatten. Die Familie hat zwei Kinder und sie sind bemüht ihnen die beste Erziehung zu geben.

Als Nachbarn haben sie ebenfalls ein Einfamilienhaus, das einem Beamten verheiratet mit einer Lehrerin gehört, die fünf Kinder haben und zu denen Leonidas und seine Frau das beste Verhältnis in der Straße pflegten. Die Erziehung der Kinder ist tadellos und die Bildung der Familie gehört mit zu den besten in der Straße.

Als Nachbarn haben sie eine Ärztin für Psychologie, die sehr unbeliebt in der Straße ist, da sie sehr arrogant und besserwisserisch ist. Ihr Mann ist beschäftigt in Berlin und kommt gelegentlich nach Hause. Zu ihr hatte Leonidas ein äußerst schlechtes Verhältnis.

Zum Nachbarn hat sie ein Einfamilienhaus, das einem alten, verkappten Nazi gehörte, der unerträglich für die Einwohner der Straße war und sich als Tyrann aufführte. Als er starb war seine Frau wie befreit und ist sehr sympathisch geworden. Dann folgt wieder ein Einfamilienhaus, gebaut Anfang der Fünfzigerjahre. Hier wohnen ältere Leute, die man nie in der Öffentlichkeit sieht.

Daneben wieder ein Einfamilienhaus, dessen Besitzer das Haus verkauft haben. Die neuen Besitzer sind zwei Managertypen mit kleinen Kindern, die an Arroganz nicht zu überbieten sind.

Dann folgt ein Doppelhaus in dem ein sehr bekannter Journalist seine Pension genießt. Er war sehr tolerant und sehr nett.

Als Nachbarn des Journalisten folgt ein Wohnblock, dessen Ursprung ein Studentenheim war und das in Eigentumswohnungen umgebaut worden ist. Diese sind vermietet worden und es herrscht Anonymität.

Demgegenüber ist ein Haus des 19. Jahrhunderts, das ursprünglich einer reichen jüdischen Familie gehörte, die enteignet worden war; der neue Besitzer führt seit Jahren rechtliche Auseinandersetzungen mit der jüdischen Familie.

Daneben steht ein Wohnblock mit Einzimmerwohnungen, der Anfang der siebziger gebaut wurde und absolut nicht, weder mit seiner Architektur noch von seiner Konzeption, in die Straße passt und an Personen vermietet ist, die nur während der Woche in dieser Stadt arbeiten.

Daneben ein Einfamilienhaus, das in den dreißiger Jahren gebaut und später gründlich saniert wurde und im Besitz einer Familie ist, die man kaum jemals in der Straße gesehen hat.

Und dann wieder ein Wohnblock, der absolut nicht zu der Straße passt und anscheinend in den Fünfzigern auf einem bombardierten Grundstück gebaut worden ist und dessen Bewohner auch in der Anonymität leben. Ich selbst habe noch nie einen dieser Bewohner in den 40 Jahren zu Gesicht bekommen.

Deren Nachbar ist ein Einfamilienhaus ebenfalls aus den Dreißigern und später renoviert, die darin wohnende Familie mit einem Kind sieht man nur gelegentlich auf der Straße. Das Nachbarhaus ist ein großes Einfamilienhaus, welches an eine ausländische Familie aus Osteuropa verkauft wurde, die sehr nett sind und viele Kinder haben. Der Mann strahlt eine gewisse Kultur aus. Die Ehefrau ist eher launisch, an einem Tag freundlich, an anderen Tagen sehr zurückhaltend.

Dann folgt ein Nachbar von Leonidas mit einem kleines Einfamilienhaus aus den Dreißigerjahren, das früher einem Bundeswehrarzt gehörte und nach dessen Tod und dem Tod seiner Frau verkauft worden ist an einen Pseudoelitären, der nicht anderes ist als ein Emporkömmling, der mit Spekulation auf Häuser ein kleines Vermögen gemacht hat. Er hat das Haus seit dem Kauf fünf Jahre lang nicht bewohnt und lässt es mehr oder weniger als Baustelle verkommen, zum Ärger der anderen Straßenbewohner. Dessen Nachbar ist ein Mehrfamilienhaus, das teilweise vermietet, teilweise im Eigentum bewohnt wird. Früher waren die Bewohner sehr kommunikationsfreudig, die heutige Bewohner möchten keine Kommunikation mit ihren Nachbarn.

Und dies ist die grobe Beschreibung von der Straße ohne Seele. Ich habe diese Straße so benannt, weil ich selbst sie nach 40 Jahren so empfinde. Vor allem nachdem ich Leonidas und seine Art zu leben kennengelernt habe, der einige Jahre hier gelebt hat, erscheint sie mir umso leerer. Ich habe mit Leonidas oft über die Straße und ihre Einwohner gesprochen und Leonidas hat mir erzählt, was er hier erlebt hat. Dies hat mein eigenes Bild verändert.

Kaum Kommunikation

Zwischen den Einwohnern der Straße findet kaum eine reale Kommunikation statt, denn jeder lebt für sich, außer dem „Guten Tag" gibt es keine längeren Gespräche. Es gibt jedoch Ausnahmen im Verhältnis mit verschiedenen Einwohnern, indem man sich sogar gegenseitig einlädt. Es ist selten eine Straße zu finden, in der so wenig der Wohl der Nachbarn beachtet wird wie in dieser Straße, die man wirklich als eine Straße ohne soziale Kompetenz bezeichnen kann.

Große Teile der Nachbarn glauben, sie seien einzigartig und haben es nicht nötig mit ihren Nachbarn zu kommunizieren. Selbst die neu Zugezogenen halten sich sehr sparsam mit Beziehungen unter Nachbarn, da sie anscheinend keinen Bezug zu dem Ort haben. Nachbarschaft im Sinne von Kommunikation ist in dieser Straße bis auf wenige Ausnahmen nicht vorhanden. Sie ist vergleichbar mit der Anonymität in Hochhäusern in großen Städten, dabei sind die meisten der Häuser Einfamilienhäuser oder Villen.

Kaum Nachbarschaft

Wenn man von Nachbarschaft redet, spricht man auch von gegenseitiger Hilfe, gegenseitigen Besuchen, gemeinsamen Feiern oder zumindest Teilhabe an erfreulichen und unerfreulichen Begebenheiten der Nachbarn. In dieser Straße ist zum größten Teil keine Kommunikation vorhanden. Es ist selten eine Straße mit so wenig Nachbarschaft zu finden wie in dieser Straße ohne Seele. Weder Hochzeiten noch sonstige Feiern noch Todesfälle werden der Nachbarschaft mitgeteilt. Kaum ein Nachbar kennt den anderen Nachbarn, ausgenommen ein paar wenige. Dies machte Leonidas sehr oft Probleme, da er es aufgrund seiner Herkunft anders gewöhnt war.

Jeder für sich

Wenn man neu in diese Straße kommt, hat man das Gefühl, dass jeder sein Haus mehr oder weniger zu einer Burg aufgebaut und sich dahinter verschanzt hat. Kaum ein „Guten Morgen" und schon gar nicht mehr Kommunikation, selbst wenn Kinder vorhanden sind. Sehr oft wirklich zu vergleichen mit der Anonymität der großen Vorstädte, wo manchmal

Leute sterben und dies jahrelang unbemerkt bleibt. Soweit ist in diese Straße noch nicht, jedoch die Tendenz lässt dies erahnen.

My home is my castle

Für die meisten Hausbesitzer ist das Motto „My home is my Castle" und so benehmen sie sich. Es wird gebaut oder umgebaut, ohne die jeweiligen Nachbarn zu benachrichtigen über die Unannehmlichkeiten. Jeder ist mit sich selbst beschäftigt, auch wenn ein Teil der Bewohner der Straße Rentner sind. Es wird keine Feier organisiert, bei Todesfällen werden nicht einmal die Nachbarn benachrichtigt. Insoweit ist diese Straße nach dem Prinzip „My home is my castle" strukturiert.

Dies fördert in einer ungemeinen Verbreitung von Einsamkeit, dies wiederum ein verschlossenes Verhalten eines Teils der Einwohner. Freundlichkeit, Zuvorkommenheit, Hilfsbereitschaft, Respekt gegenüber den anderen gehen allmählich verloren. Respekt gegenüber der älteren Generation geht aber auch verloren. Für Leonidas wird es mit zunehmendem Alter unerträglich, wenn er über die anderen Leute nachdachte.

Mein Nachbar ist "mein geborener Feind"

Ein besonderes Merkmal diese Straße ist jedoch auch, dass viele Einwohner nach dem Prinzip leben, dass der Nachbar der größte Feind ist.

Leonidas selbst hat am eigenen Leib gespürt, wie manche Nachbarn sich ihm gegenüber verhalten haben. Insbesondere einer der Nachbarn, die das Haus der Nazi-Nachkommen bewohnten, haben sich dadurch gekennzeichnet, schlicht Intrigen hinter dem Rücken von Leonidas zu spinnen, um ihn in der Straße unmöglich zu machen.

Man kann kaum glauben, was ihm durch diese Nachbarn zugefügt worden ist. Er wurde verklagt, weil angeblich eine Hecke, die an der Grenze steht, sich durch den Wind bog und ihre Spitze auf das Grundstück des Nachbarn ragte. Während des Gerichtsverfahrens hat sich jedoch herausgestellt, dass der Kläger seine Garage mindestens 50 cm auf dem Grundstück von Leonidas gebaut hatte. Seitdem hatte Leonidas mit dieser gesamten Familie inklusive Tochter und Schwiegersohn auf Dauer abgebrochen. Das hat den Vater und die Mutter, die als größte Intriganten der Straße gelten, nicht gehindert, andere Nachbarn auf Leonidas zu hetzen.

Einer dieser indirekten Nachbarn hat anonym falsche Anschuldigungen an das Bauamt gerichtet, wodurch wiederum Leonidas sich gegenüber den Prüfern des Bauamtes rechtfertigen musste. Die anonyme Anzeige und die gesamte Beschuldigung dieses rassistischen Nachbarn wurde selbstverständlich fallengelassen, was nicht verhinderte dass dieser Rassist - ohne seinen Namen zu nennen, dafür war er ja ein zu großer Feigling - die Helfer von Leonidas gegen ihn aufhetzte mit der Aufforderung, doch nicht bei einem Ausländer zu arbeiten.

Ein drittes Erlebnis hatte Leonidas, als er ein drittes Haus in der Straße erworben hatte, welches eine Nachbarin gern gekauft hätte, dies jedoch mangels Finanzierung nicht geschafft hatte. Diese Nachbarin (im übrigens ein Gutmensch: Religionslehrerin) forderte von Leonidas, einen morschen Kirschbaum in der Mitte seines Grundstücks stehen zu lassen. Nachdem er diesen Baum entfernt hatte, da ja Gefahr von diesem ausging, hatte sie ihn daran gehindert, eine vernünftige Grenzbefestigung anzulegen und wollte mitbestimmen über die Gestaltung des Zaunes.

In einem anderen Haus hat der Nachbar, ein Pseudojurist aus Frankfurt, stets versucht, seine angebliche juristische Überlegenheit zu Lasten von Leonidas auszunutzen.

In übrigen ist Leonidas nicht allein Opfer des Verhaltens von manchen Nachbarn gewesen, vielmehr leiden auch andere Nachbarn unter den sogenannten Neureichen bzw. unter dem sogenannten geistigen Proletariat.

Es gibt kaum Kinder und die wenigen spielen kaum mit anderen Nachbarskindern, da die Eltern das nicht möchten, egal ob es die alt eingesessenen oder die neu zugezogenen Einwohner der Straße sind.

Die Straße ohne Seele - ein Abbild der deutschen Gesellschaft?

Ist diese Straße ohne Seele ein Abbild des heutigen Deutschlands? Diese Frage hat Leonidas sehr stark beschäftigt und er glaubte fast, dass was er in dieser Straße erlebte, in vielen anderen Städten mit gehobenem Lebensstandard die Regel ist.

Man soll sich vergegenwärtigen, dass die meisten dieser Straßenbewohner zum gehobenen Mittelstand gehören und eine gewisse Bildung haben. Dies trifft zum größten Teil auf die Bewohner der Straße zu, mit wenigen Ausnahmen, die zum Proletariat gehören. Insoweit war für Leonidas diese Straße de facto das Abbild der Verfallssymptome der deutschen Gesellschaft.

Die Straße der Einsamkeit

Leonidas beklagte stark die Einsamkeit, die in dieser Straße herrscht. Nicht nur dass die Bewohner sich nicht über das Wohlergehen ihrer Nachbarn erkundigen, vielmehr ignorieren sie diese zum größten Teil. Ein Beispiel: in der Straße wohnte eine verwitwete alte Dame, sie war vermögend und ihr Mann hatte gut für sie vorgesorgt. Im Alter wurde sie langsam gebrechlich, ihre Nachbarn nutzen die Gebrechlichkeit der alten alleinlebenden Dame aus. Nicht nur dass sie die auf das Grundstück der Nachbarin überragenden Äste ihrer Bäume nicht gekürzt haben, sie haben sogar herabfallendes Laub auf deren Grundstück geräumt. Dabei hatte sie ihnen in früheren Jahren stets geholfen. Mit der zunehmenden Demenz ihrer Nachbarin haben sie nichts aber auch nichts getan, um sie zu unterstützen oder für eine gewisse Unterstützung seitens der Stadt zu sorgen. Sie haben auch nicht die Ämter angerufen und benachrichtigt und schon gar nicht die Tochter der Frau, die 20 km von dem Wohnort wohnte. Die Tochter war ein missratenes Kind, die nur darauf gewartet hat, dass die Mutter starb um sich das große Erbe einzuverleiben. Kein anderer Nachbar außer dem direkten Gegenüber oder auch Leonidas hatte sich die Mühe gemacht, der alten Frau hin und wieder mal zu helfen.

Dies zeigte aber wie es um die Art der Nachbarschaft in dieser Straße bestellt ist. Und dies ist nicht das einzige Beispiel, mindestens eine weitere älteren Witwe ereilte das gleiche Schicksal. Dies zeigt, dass die Nachbarschaft in dieser Straße äußerst problematisch ist.

Eine belastete Straße

Diese Straße ist auch historisch belastet, da mehrere Nazigrößen hier wohnten oder ein Liebesrefugium hatten. Auch nach dem Krieg lebten noch Juristen in der Straße, die 1942 zum Richter ernannt wurden. Ihr Verhalten und ihre Überzeugung haben sie beibehalten. Es gab aber auch mindestens einen früheren Bewohner, der sich als einer der wenigen gegen die Ermächtigungsgesetze Hitlers zur Wehr gesetzt hatte und letztendlich in einem KZ landete, nach dem Krieg befreit wurde und kurz danach starb. Der Nachbar, der ihn damals verpfiffen hat, hat noch lange nach dem Krieg in Wohlstand und mit hoher Pension hier gelebt. Am Ende der Straße gab es ein sehr schönes Haus der Belle Époque, das vor 1933 einer reichen jüdischen Familie gehörte, die enteignet wurde und deren Haus an eine Nazigröße übertragen wurde. Seit 70 Jahren streiten die Erben der jüdischen Familie mit dem jetzigen Besitzer um die Rückgabe des Hauses.

Eine Straße von Gutmenschen

Von den 60 Familien, die in der Straße wohnen, waren nach Meinung von Leonidas über die Hälfte als Gutmenschen zu bezeichnen. Sie haben sehr oft einen gewissen wirtschaftlichen Aufstieg erlangt, über das Zustandekommen wollte sich Leonidas nicht äußern, jedenfalls meinten sie, dass an ihrem Wesen die Welt genesen soll. Leonidas konnte sie nicht ertragen und außer Höflichkeitsfloskeln hat er mit denen kaum eine Kommunikation gepflegt. Diese Gutmenschen versuchen jedoch eine Art von Mainstream in der Straße zu etablieren, was wiederum bei einigen Anwohnern heftige Widerstände hervorgerufen hat.

Diese Gutmenschen und sogenannte Neureiche zeigten ein soziales Verhalten, das keinerlei Rücksicht auf Nachbarn oder andere Menschen nimmt. Insoweit sind ihre sozialen Kompetenzen gleich null. Arrogant und sehr oft engstirnig und schmalspurig haben sie sich in der Straße sehr viele Alteingesessene zu Feinden gemacht.

Eine Straße von Pharisäern

In dieser Straße leben auch viele Pharisäer, die jeden Sonntag zur Kirche gehen und sogar in kirchlichen Organisationen arbeiten und zu ihren Nachbarn die größten Teufel sind. Leonidas erinnerte sich besonders an einen Nachbarn, der in einer kirchlichen Organisation arbeitet. Die Verlogenheit und Falschheit sah man ihm direkt an. Und so hat er sich gegenüber Leonidas und anderen Nachbarn verhalten, nicht nur dass er die Leute gegenüber der Stadtverwaltung verleumdete, auch dass er versuchte die Nutzungsmöglichkeiten der Nachbargrundstücke zu verändern oder sonstige Ärgernisse zu bereiten. Zudem hat er immer wieder Intrigen gegenüber alt eingesessenen und älteren Straßen Bewohnern gesponnen. Dieser Nachbar war verhasst bei allen anderen, denn sie trauen ihm alles zu und unter dem Mantel von kirchlicher Hilfe und Anstand hat er seine „kleinen Geschäfte „gemacht zulasten großer Teile der Einwohner der Straße.

Die Arroganz, Dummheit, und Rassismus

Leonidas hat es jedoch in dieser Straße auch sehr oft mit Arroganz, Dummheit und Rassismus zu tun gehabt. Die Arroganz zeichnet sich dadurch aus, dass alle und insbesondere die neu Zugezogenen im Glauben sind, dass sie die besseren Bewohner der Straße wären, ohne zu wissen wer bereits in dieser Straße wohnt. Insbesondere diejenigen, die in ihren finanziellen und sozialen Aufstieg nicht gerade auf ehrliche Weise erlangt haben, sind die arrogantesten, dümmsten und sehr oft rassistisch angehaucht. In der Straße leben maximal vier Einwohner, die ausländische Wurzeln hatten. Ein Teil der Alteingesessenen hat dieser neuen Bevölkerung stets zu verstehen gegeben, dass sie Deutsche zweiter Klasse sind; sei es dass man sich über ihre Religion lustig gemacht hat, oder dass man ihnen abgesprochen hat eine europäische Kultur zu haben, oder dass sie unfähig wären, den sozialen Aufstieg zu bewältigen.

Sehr oft war es für Leonidas eine Zumutung, solchen Leuten zu begegnen. Die waren zwar nach außen freundlich, aber falsch bis auf die Knochen. Ihre Unwissenheit über andere Länder, in denen sie lediglich vier Wochen Urlaub gemacht haben – sei es in Spanien dass selbstverständlich als 17. deutsches Bundesland gilt oder in der Türkei, wo man für wenig Geld alles haben kann oder in Italien, weil man ja schon lange italienische Lokale im Ort kennt und vor allem ihre Kommentare über die Länder, in denen angeblich Armut vorherrscht, brachten Leonidas jedes Mal auf die Palme. Nicht nur dass sie mit den Reisen den anderen Ländern schweren Schaden zufügen, sie erlaubten sich zusätzlich plumpe Urteile über die Länder abzugeben, deren Kultur und schon gar nicht deren Geschichte sie nicht kennen.

Eine typische Wohnstraße?

Wenn Leonidas sich mit verschiedenen Leuten über diese Straße unterhalten hat, erhielt der stets die Antwort: diese Straße könnte auch unsere Straße sein. Dies hat Leonidas äußerst irritiert, denn er wollte nicht glauben, dass die deutsche Gesellschaft geklont wäre. Er wollte auch nicht glauben, dass die deutsche Gesellschaft so wenig Mitgefühl für ihre Mitmenschen hatte. Er wollte nicht glauben, dass sie deutsche Gesellschaft so borniert, dumm, einfältig und rassistisch ist wie in dieser Straße. Zudem waren ja in der Straße einige wenige Leuchttürme, auf die Deutschland sehr stolz sein kann. Diese Leuchttürme waren sogar für deutsche Verhältnisse große Familien und sie waren gegenüber ihren Mitmenschen sehr sozial ausgerichtet.

Handy und Tablet beherrschen die Kommunikation

Wenn Leonidas auf die Straße ging und ausnahmsweise viele Leute auf der Straße unterwegs waren, so war er oft schockiert, dass Jugend und Alter nicht gerade auf ihre Mitmenschen sahen, sondern entweder ins Handy und ihr Tablet, so dass sie sich manchmal gegenseitig anstießen. Leonidas war alarmiert zu sehen, wie ein Teil der Bevölkerung der Straße quasi zum Roboter geworden ist, und dass ihre Augen und Konzentration nur noch auf diese kleinen Bildschirme festgelegt waren und dass sie weder ihre Mitmenschen hören noch sehen. Die erste Frage die Leonidas in den Kopf schoss: ist das schon die Gesellschaft von morgen und werden diese Leute eine Schafherde von amerikanischen sozialen Netzen? Ist die Verpackung wichtiger als der Mensch? Werden diese Leute zu einer Art von Zombies?

Erschreckend ist für Leonidas, wie schnell diese Zombies sich vermehren und wie schnell der Verstand abhanden-gekommen ist und wie leichtsinnig die Eltern, die Gesellschaft, die Politik dies zulassen, sodass Kinder und Erwachsene dieser Art von Sucht immer mehr verfallen.

Die Kinder spielen nur im eigenen Garten

Die Kinder in der Straße - und nach Leonidas Einschätzung waren es ca. 30 - waren nie oder äußerst selten auf der Straße. Diejenigen, die auf der Straße spielten, gehörten zu den wenigen Ausnahme-Familien oder zu Eltern mit ausländischen Wurzeln. Es ist erstaunlich, dass weder Schreien noch Lachen der Kinder zu hören waren. Dass ein paar ältere Bewohner sich beschweren würden wäre ja fast normal, aber dass es kein Kinderspiel und Kinderlachen auf der Straße gibt, die immerhin eine äußerst ruhige Straße ist, war für Leonidas mehr als erstaunlich und zeigte ihm wie groß ist der Verfall der deutschen Gesellschaft ist.

Bewohner ohne Gefühle?

Leonidas war erstaunt, dass in der Straße von den Bewohnern kaum Gefühle gezeigt werden, weder Lachen noch Weinen, weder Schreien noch Reden, es ist als ob die Straße eine Tabuzone für jegliche Kommunikation zwischen den Menschen geworden ist. Es ist erstaunlich, dass vor allem die neu Zugezogenen darauf bedacht sind, sich kaum kommunikativ bzw. nur kurz kommunikativ zu verhalten, ohne jegliche Gefühle zu zeigen. Leonidas dachte nach, ob das nicht Ausdruck der gefühlten Gefahr wäre, irgendeine Schwäche zu zeigen die dann ausgenutzt würde. Diese Gefühlskälte bzw. gezeigte Masken sind auf Dauer für den größten Teil der Bewohner unerträglich.

Den Schein bewahren ist die höchste Pflicht

Ich, der immerhin seit 40 Jahren in der Straße wohne, bin inzwischen der festen Überzeugung, dass in dieser oder ähnlichen Straßen für die Neureichen oder Gutmenschen der Schein wichtiger ist als das Sein. Insoweit tragen sie alle eine Art von Maske und zeigen keine Gefühle oder Probleme (die es in jeder Familie geben kann), bis auf wenige Ausnahmen. Immerhin zeigen die „Leuchttürme" oder diejenigen mit ausländischem Hintergrund ihre Gefühle, ihre Wut, ihren Ärger, ihre Freude. Beim restlichen Teil der Bevölkerung müsste man glauben, dass er eine Art von Zombie wäre.

Leere Hülse

Leonidas hatte das Gefühl, dass die Menschen in der letzten Zeit aneinander vorbeigehen als ob sie leere Hülsen wären. Wenn ausnahmsweise eine Diskussion oder eine Kommunikation zustande kommt und man über Themen redet, die nicht das Übliche waren, so musste Leonidas sehr oft feststellen wie einseitig und schmalspurig die Bewohner der Straße und vor allem wie stark sie von der verzerrten Kommunikation der öffentlichen Medien geprägt sind. Es sind sehr oft Antworten wie „die da oben die werden schon für uns sorgen". Wenn er dies von Vertretern des mittleren Managements oder Angehörigen von großen Konzernen hörte, so wurde Leonidas angst und bange um die Konzerne selber. Politischer Diskurs, Haltung, Überzeugung sind in dieser Straße bis auf wenige Ausnahmen nicht vorhanden. Für Leonidas drängt sich das Bild auf, dass die Informations-manipulation und die Verabreichung von Valium-Pillen durch Politik, Verwaltung und Industrie ihre Ziele nicht verfehlt haben. Insoweit ist festzuhalten, dass Teile der Bevölkerung sich häufig als leere Hülsen präsentieren.

3. Das plötzliche Auftauchen und erstes Treffen mit Herrn Leonidas dem Großen

Wir schreiben die Jahre 2005 bis 2020 in einer gehobenen Wohngegend in einer westdeutschen mittelgroßen Stadt, in der früher die Diplomaten wohnten. In dieser Wohngegend lebten wir in einer sehr schönen Straße.

In dieser Zeit herrschte in ganz Westeuropa und in der westlichen Welt der unerschütterliche Glaube an die neoliberale Wirtschaftspolitik, die dazu geführt hat, dass sehr viele staatliche Aufgaben durch Privatunternehmen übernommen worden sind.

Es waren sehr viele Glücksritter unterwegs, die versuchten manche staatlichen Aufgaben zu übernehmen und vor allem öffentliche Unternehmen zum symbolischen Preis zu kaufen und die anschließend versuchten, diese Unternehmen mit erheblichen Gewinnen weiter zu verkaufen.

Diese Glücksritter waren sehr unbeliebt in der Bevölkerung und im eingesessenen Bürgertum.

Diese Neureichen hatten sehr oft weder Kultur noch Anstand und ihr Verhalten gegenüber der anderen Bevölkerung ließ sehr oft zu wünschen übrig, zudem waren sie sehr unbeliebt, da sie eine Art von negativen Gutmenschen darstellten.

Diese Gutmenschen erschienen plötzlich und verschwanden genauso plötzlich von der Bildfläche als ob sie nie dagewesen waren.

Den Schaden, den sie hinterlassen hatten, musste die Gesellschaft tragen. Insoweit war ihr Ruf äußerst zweifelhaft und vor allem wurde ihnen auch noch Kriminalität angedichtet. Es war daher nicht verwunderlich, dass die örtliche Bevölkerung äußerst reserviert war gegen jeden Fremden. Dies hatte zur Folge, dass ein gewisser Rassismus latent wieder an die Oberfläche kam.

Ich war zu diesem Zeitpunkt 45 Jahre alt, wohnte damals seit über 20 Jahren in der Straße. In dieser Straße wohnten vor allem solche Menschen, die man unter Gutmenschen versteht, es wohnten aber auch sehr reiche und außergewöhnliche Leute dort, die überzeugt waren, dass ihr Weg und ihre Moral der einzige gangbarer Weg im Leben eines Menschen sind. Es gab aber auch Menschen, die sehr kultiviert waren und sehr freundlich und insbesondere zu den Fremden, denn sie waren tolerant, offen, wissbegierig und neugierig auf alles was neu ist.

Zu diesem Zeitpunkt gab es in dieser Straße ohne Seele irgendwie unbeachtet ein wunderschönes altes Herrenhaus, das angeblich an einem Unbekannten gekauft worden sein sollte.

Dieser Unbekannte sollte ein Ausländer sein.

Irgendwann kamen Handwerker und Baufirmen und fingen an, das Haus gründlich zu renovieren. Dies wiederum hat bei einer Anzahl der Straßenbewohner zu erheblichen Irritationen geführt.

Denn der Besitzer war immer noch unbekannt und der Zustand des Hauses verbesserte sich von Tag zu Tag zu einem luxuriösen Zustand. Das Haus wurde mehr oder weniger in seinen Originalzustand versetzt, schön weiß gestrichen und war sehr elegant.

Eines Tags und ohne Ankündigung standen größere Umzugswagen vor dem Haus. Umzugsarbeiter trugen sehr elegante Möbel, Teppiche und Luxusartikel ins Haus hinein und das mit der größten Sorgfalt.

Man sah weder eine Ehefrau, noch einen Ehemann noch Kinder. Lediglich Putzfrauen waren sehr oft lange an der Arbeit.

Am Abend nach Beendigung des Umzuges haben die Mitarbeiter der Umzugsfirma die Tür geschlossen, ohne dass jedoch die neuen Besitzer des Hauses sich bemerkbar gemacht hatten oder anwesend waren.

Soweit blieb das Haus über mehrere Wochen verschlossen, ohne dass die Fenster oder die Jalousien geöffnet worden waren.

Nach ca. vier Wochen an einem Freitagabend hielt vor dem Haus ein sehr schöner Wagen im Stil Belle Époque, der weiß war, luxuriös und elegant, man konnte glauben, die Zwanziger Jahre wären wieder auferstanden.

Aus diesem Wagen stieg ein Herr um die Vierzig aus, mit einem sehr eleganten weißen Anzug und einem weißen Hut gekleidet. Er hatte ein Lächeln auf dem Gesicht und begrüßte viele seiner Nachbarn sehr höflich.

Die Nachbarn waren sehr erstaunt zu sehen, dass diese Person weder Frau noch Kinder hatte und waren sehr erstaunt, dass der Fremde sehr höflich war ohne sich jedoch vorzustellen.

Die Nachbarn waren auch sehr verblüfft zu sehen, dass dieser Fremde sich so benahm als ob er seit Jahrzehnten in der Straße wohnen würde.

Die einzige Information, die dieser Fremde ihnen gab: mein Name ist Leonidas, sagte er ihnen sehr höflich.

Dies Herrenhaus war Anfang des 20. Jahrhunderts gebaut und zwar in der Art der Belle Époque. Der neue Besitzer des Hauses hatte die gesamte Fassade renoviert und in einem besonderen Weiß gestrichen, das dem Haus einen relativ eleganten Ausdruck verlieh.

Der große Garten war mit sehr großen Buchen und Kastanienbäumen bepflanzt, was dem Garten eine gewisse Atmosphäre gab. In den Garten gelangte man über eine große und breite Treppe, in der sich der klassizistische Stil des Hauses wiederfand. Über der Treppe befand sich eine sehr große Terrasse, die den Eindruck erweckte, als ob das Haus ein kleines Schloss wäre. Die Beleuchtung im Park gab den Eindruck von Größe obwohl er in der Realität mittelgroß war. Die Beleuchtung war ebenfalls in weiß ausgewählt, was der Eleganz des Parks noch eine besondere Note verlieh.

Man konnte glauben das neue Besitzer das Haus eine Schwäche für die für die Belle Époque hatte.

An einem Samstagabend gegen 20:00 Uhr kamen mehrere luxuriöse Limousinen, die erstaunlicherweise alle weiß waren und sie hielten vor dem Haus. Die Gäste, die daraus ausstiegen waren auch alle in Weiß gekleidet. Es war als ob man die Dreißigerjahre sehen würde.

Der Hausherr befand sich selber auf die Terrasse und war auch in weiß gekleidet und genoss ein Glas Champagner.

Herr Leonidas war nicht sehr groß, er war eher gut genährt. An diesem Samstag kamen mehrere Köche mit ihrem Buffet und bauten es im Haus auf. Das Buffet war sehr reichlich und umfangreich.

Herr Leonidas hatte immer ein kleines verschmitztes Lächeln auf den Lippen, er war immer sehr höflich und freundlich und vor allem: er wusste wovon er redete, sodass die gesamten Gäste sich an seine Worte klammerten.

Das Nachbarhaus von Herrn Leonidas war inzwischen auch zum Verkauf angeboten und es Haus wurde abermals von einem Fremden gekauft, den keiner kannte. Angeblich kam dieser Fremde von sehr weit her. Dabei war es der Herr Leonidas.

Herr Leonidas suchte nicht unbedingt das Gespräch mit seinen Nachbarn. Und wenn er aus seinem Haus ging, hatte man immer den Eindruck, dass er stets in Eile und gestresst ist.

Niemandem in der Straße wusste eigentlich was Herr Leonidas machte. Manche glaubten, er wäre ein reicher Erbe. Manche glaubten, er wäre ein Bankier. Manche glaubten, er gehörte zu der Mafia. Manche glaubten, er wäre ein Unternehmer und manche glaubten sogar, er wäre ein Spion für eine mächtige Macht.

Was viele jedoch spürten und sahen war, dass dieser Fremde einen Lebensstandard hatte, der über ihrem eigenen lag und sie waren sehr verblüfft.

Ein erheblicher Kontrast war jedoch, dass außerhalb der wenigen Partys und Geselligkeit Herr Leonidas ein relativ einsames Leben führte. Selbst die Haushälterinnen sprachen kein Deutsch, nur Französisch oder Englisch. Dies verstärkte das Misstrauen der Nachbarn gegen Herrn Leonidas.

Nach einer gewisse Zeit empfing Herr Leonidas des Öfteren den Besuch einer jungen hübschen Frau, die sehr elegant gekleidet und die auch sehr freundlich und fröhlich war.

Was ich nicht wusste war, dass Herr Leonidas selbst ein sehr guter Koch war und er war so wählerisch, dass er selbst in den Markt und in ausgesuchte Geschäfte ging, um die beste Qualität der Nahrungsmittel zu kaufen.

Gegenüber seinen Lieferanten war Herr Leonidas sehr streng hinsichtlich Qualität und Logistik. Dagegen hatte er niemals über den Kaufpreis gesprochen und hat das Notwendige bezahlt, jedoch für die von ihm geforderte Qualität.

Dies erklärt, warum seine gesamten Lieferanten, Handwerker, Bauern, Metzger und Fischer mit größter Sorgfalt die Produkte für ihn ausgesucht und zu dem richtigen Zeitpunkt geliefert haben.

4. Das Kennenlernen von Herrn Leonidas

An einem Abend im August, ich war in meinen Garten, der sich an den Garten von Herr Leonidas anschloss und genoss einen guten Tropfen Rotwein. Da hörte ich wie es an der Haustür klingelte und Herr Leonidas war an der Tür. Ich bin Leonidas, sagte er und bat mich ihm etwas Salz zu borgen, denn er hätte vergessen Salz zu kaufen. Sehr gern, antwortete ich und brachte ihm etwas Salz. Ich bat ihn hereinzukommen und ein wenig mit mir im Garten zu sitzen.

An diesem Abend wurde es sehr lang und wir tranken gemeinsam viel Alkohol, gute Tropfen von Weinen und zwar die besten Weine die ich hatte.

An diesem Abend haben wir stundenlang über Politik, Wirtschaft und Geopolitik leidenschaftlich diskutiert. Herr Leonidas war verblüfft, dass ich ihm keine einzige Frage über seine Person gestellt habe, keine einzige Frage über seine Herkunft, und keine einzige Frage über die Gründe, warum er sich in dieser Straße niederließ.

Ich ging davon aus, wenn er die Information geben wollte, würde er das irgendwann tun. Auf seine Frage, warum ich ihn nicht fragen würde war meine Antwort, dass er schon selber wisse, wann er und was er mir an Information geben würde.

Diese Antwort schien ihn zu beeindrucken, da ich nicht den Eindruck bei ihm erweckte, dass ich jemand bin der sehr neugierig ist.

Während unseres Trinkgelages bemerkte ich sehr schnell, dass Herr Leonidas ein erstklassiger Weinkenner war. Während unserer Diskussion merkten wir schon am gleichen Abend, dass wir die gleiche Wellenlänge in vielen Bereichen hatten, was zu einem gewissen gegenseitigen Respekt und Freundschaft führte. In vielen Bereichen hatten wir ähnliche Ansichten, ähnliche Befürchtungen und ähnliche Hoffnungen. Er lud mich zu ihm zum Essen ein und so begann eine lange Freundschaft.

Was mir bei ihm imponiert hat war seine Kultur, seine tiefen Kenntnisse in vielen Bereichen, seine Fähigkeit, analytisch zu denken, seine Prinzipien der Philosophie und Ethik, sein Wissen über die Menschen, sein kritischer Verstand und vor allem seine wohlwollende Ironie.

Er besaß auch die Fähigkeit, sehr komplexe Zusammenhänge einfach zu erklären, was mich stets zum Erstaunen gebracht hat. Und vor allem war er nie laut, er sprach immer relativ leise aber so dass jeder der anderen ihn hören und verstehen konnte.

5. Das Auftreten von Leonidas dem Großen in der Straße

Ein paar Monate nach unserem Kennenlernen beschloss Herr Leonidas, eine Fete für die ganze Straße zu organisieren. Er lud persönlich die Straßenbewohner ein, dieses Ereignis sollte an einem Samstagabend stattfinden.

Er suchte einen schönen Abend im Juli aus, lauwarm mit einer kleinen Brise und einem Himmel voller Sterne. Herr Leonidas hat ein wunderbares Orchester organisiert und ein meterlanges Buffet mit sehr umfangreichen Speisen und von hoher Qualität. Die Organisation war regelrecht perfekt, da die Diener herrschaftlich angezogen waren und sie Wein, Champagner und andere Getränke servierten.

Die Getränke flossen reichlich. Die Gäste diskutieren unter sich selber ohne jedoch Herr Leonidas einzubeziehen, so als ob er nicht da wäre. Er zog sich irgendwann zurück und stand allein auf der Terrasse in seinem weißen Anzug und beobachtete die Leute sehr genau und mit seinem verschmitzten Lächeln.

Erstaunlich, dass kein einziger Gast sich um den Gastgeber gekümmert hat und außer der Begrüßung kaum einer mit ihm geredet hat. Erbärmlich war, dass sie sich gern hatten einladen lassen, wohl weil alles umsonst war.

Hauptgesprächspunkt während dieses Abends war die Angst vor Überfremdung in der Straße und dass man den Fremden nicht vertrauen dürfte. Erbärmlich war auch, dass sie über Fremde geredet haben, die sie nicht einmal kannten. Ich beobachtete sie von der Terrasse aus und war besorgt über diese Art des neuen Rassismus.

Ich war überzeugt, dass Leonidas der Große das gleiche gedacht hat. Meine Befürchtungen hatten einen realen Hintergrund, denn diese Gutmenschen haben vergessen, was Rassismus in Deutschland schon angerichtet hat.

Ich hörte das Wort meines Großvaters, dass das Vergessen eine List von Satan sei. Verblüfft war ich jedoch, dass ein großer Teil dieser Gäste erstaunt waren, dass ein fremder Ausländer in der Lage wäre, so ein Haus zu kaufen und so ein Leben ohne Sorgen führen zu können.

Sie waren auch verblüfft, dass ein Ausländer eine höhere Kultur haben kann als ihre eigene. Sie waren stets überzeugt, dass Deutschland und der deutsche Gutmensch über allen anderen Völkern stehen würden. Als ich dies hörte, kam bei mir Ekel hoch gegenüber dieser dummen Bevölkerungsgruppe.

Spät am Abend, als die Feier zu Ende war, schaute mich Leonidas der Große beim Abschied mit traurigen Augen an und sagte mir, dass die Deutschen nichts aber auch nichts aus der Geschichte gelernt haben.

6. Die Partys bei Leonidas dem Großen

Die Partys von Leonidas dem Großen erlangten bald einen Ruf in der Straße und in der Stadt, sodass jeder eingeladen werden wollte, zumal diese Partys nichts kosteten und vor allem auf einem sehr hohen Niveau waren.

Und so kamen einmal im Monat wunderschöne luxuriöse Autos mit bildhübschen Frauen und Männern und sie feierten das Fest bis zum frühen Morgen.

Kein einziger dieser angeblichen Gäste hat jemals ein Geschenk für Leonidas mitgebracht. Sie kamen nur um zu essen, zu trinken, zu feiern und gegebenenfalls auch zu tanzen, da wunderbare Orchester die Gäste den ganzen Abend begleiteten. Und dass sie in diesem kleinen Schloss angeblich Gleichgestellte getroffen hatten, ähnlich Denkende, ein paar Gutmenschen, und sogar ein paar kritische Beobachter der Gesellschaft.

Diese Partys und ihre Organisation mussten Leonidas den Großen wohl ein Vermögen gekostet haben. Er hat sich nie etwas anmerken lassen. Er war lediglich jeden Abend und jedes Mal nach Abschluss der Party sehr traurig.

7. Die angeblichen Missetaten des Leonidas

Die angeblichen Missetaten von Leonidas dem Großen bezogen sich vor allem auf seine Herkunft und seinen Namen, der nicht Deutsch klang, und vor allem auf seine Herkunft vom Mittelmeer. Für einen Teil der Eliten war grundsätzlich alles, was aus dem Süden kam, verdächtig, wenn nicht kriminell.

Insbesondere die Gutmenschen in der Straße fragten sich über die Herkunft des Vermögens von Leonidas dem Großen. Sie konnten nicht akzeptieren, dass ein Ausländer, vor allem einer der aus dem Süden stammt, in Deutschland vermögend geworden ist und vor allem konnten sie nicht akzeptieren, dass ein Ausländer höher gebildet ist und eine höhere Kultur hat als sie selbst.

Sie konnten auch nicht akzeptieren, dass ein Ausländer aus dem Süden sich schönere Häuser als sie selber leisten konnte und vor allem konnten sie nicht akzeptieren, dass diese Person sie nicht beachtete.

Diese Missachtung von Leonidas dem Großen gegen diese Gutmenschen war sehr tief, denn seiner Meinung nach war gerade diese Schicht der kleinen Bourgeoisie stets korrupt und verlogen; sie hat auch ihre sozialen Herkunft vergessen und meint, sie hätte alles erreicht und sie wäre unfehlbar.

Die angeblichen Missetaten des Leonidas dem Großen basierten vor allem auf seinem nicht strukturierten tagtäglichen Lebensstil und dass er nicht seine Arbeit um 8:00 Uhr morgen begann und um 17:00 Uhr beendete. Und dass er sich kostspielige Partys leisten konnte.

Zudem kamen seine Bekannten häufig zu unmöglichen Zeiten und sie waren nicht konform nach dem Verständnis der Gutmenschen, und vor allem sie waren nicht Deutsche.

8. Der Ruf von Leonidas dem Großen in der Straße

Der Ruf von Leonidas dem Großen in der Straße war umstritten und geteilt in drei Lager. Für die einen war er ein Spion, ein Mitarbeiter der Mafia, für die anderen war er ein Herr ohne Tadel, für das dritte Lager war er ein Rätsel.

Eines verband alle Lager: die Meinung, dass Leonidas der Große kein gewöhnlicher Mensch ist. Für ihn selbst war sein Ruf in der Straße zweitrangig.

Denn er war mit sich selbst im Reinen und lebte nach seinen eigenen Regeln und Ethik. Für mich war er vielleicht einer der wenigen lebenden Ethiker und Philosophen.

Erstaunlich war, dass er sich niemals in den Mittelpunkt einer Diskussion oder einer Gruppe stellte, er war immer zurückhaltend und wenn er sprach, war seine Stimme leise aber klar und deutlich.

Ich persönlich habe ich niemals Leonidas stark gestikulierend gesehen, selbst wenn er genervt von manchen seiner Nachbarn war, er war immer stets zurückhaltend und höflich.

Erstaunlich war, dass er immer zuerst den Nachbarn begrüßt hat und vor allem entsprach er nicht die Erwartungen, da er viele Nachbarn missachtete. Diese Missachtung war sehr tief geworden angesichts des Verhaltens, das manche seiner Nachbarn ihm entgegenbrachten.

9. Wer war Leonidas der Große?

Ich fragte mich manchmal: wer war eigentlich Leonidas der Große?

In all unseren Begegnungen war er sehr höflich mit diesem verschmitzten Lächeln an den Lippen und er hatte eine gewisse Melancholie in seinen Augen, die trotzdem sehr wach waren.

Er war sehr interessiert an allen Bereichen und gab seinem Gegenüber stets das Gefühl, dass er ihm richtig zuhörte. Wenn er sprach, kam er direkt zum Kern der Sache, denn er war sehr, fast unmenschlich direkt.

Als Schauspieler war er sehr schlecht und ab und zu, wenn er eine Maske tragen musste, war er sehr unglücklich, was er nicht verbergen konnte.

Leonidas besaß ein sehr umfangreiches Wissen in sehr vielen Bereichen, denn er hatte im Übrigen auch elitäre Universitäten in Frankreich absolviert und er war nicht nach Deutschland gekommen, um Gastarbeiter zu sein, sondern lediglich um sein Wissen zu vertiefen.

Leonidas hatte zudem eine erstklassige analytische Gabe, die ihm die Möglichkeit gab, stets sehr schnell eine gute Analyse durchführen zu können und vor allem war er bei seinen Vorträgen und seiner Analyse stets bescheiden und gab niemals den Eindruck, dass er alles wusste und kannte.

Insbesondere die sogenannten alternativlosen Lösungen waren für ihn ein großer Gräuel. Leonidas der Große hatte zudem eine Ironie, die bei den weiblichen Zuhörern sehr gut ankam.

Mir erschien es sehr sicher, dass Leonidas der Große ein paar Geheimnisse hatte, die er niemals publik machen und schon gar nicht seiner Umgebung mitteilen wollte.

Diese Geheimnisse wurden für ihn in seinen alten Tagen wie eine Last, die er jeden Tag tragen musste.

Ich habe ihn einige Male mit Tränen in den Augen gesehen und hatte das Gefühl, dass er gar nicht da war, sondern sehr weit weg.

Einmal fragte ich ihm nach dem Grunde seiner Tränen. Ich habe Heimweh, meinte er. Ob diese Leute hier in der Straße je verstanden haben, was es heißt Heimweh zu haben, er hätte seine Zweifel.

Ob diese Einwohner der Straße Mitmenschlichkeit besäßen wäre sehr fraglich. Spätestens da habe ich verstanden, welches Glück ich hatte, diesen Menschen getroffen zu haben.

10. Seine Schwierigkeiten mit der deutschen Sprache

Ich vergesse nicht den Tag, an dem es Leonidas dem Großen nicht gut ging. Körperlich war er nicht krank, aber höchstwahrscheinlich hat er an zu vielen Narben leiden müssen.

Und eine der großen Narben war sein täglicher Kampf mit der deutschen Sprache. Er hat sich wirklich Mühe gemacht, die Sprache so gut wie möglich zu lernen, ihm gelang das aber nicht. Er war sich darüber bewusst, dass er diese Sprache niemals gut lernen würde und dass man ihm dies ständig auf direkte oder indirekte Weise vorwerfen würde. Man würde ihn hinsichtlich seiner Deutschkenntnisse bewerten und ihm wurde klar, dass er niemals von dieser Gesellschaft anerkannt würde.

Er hat sogar erlebt, dass ihn eine nahestehende Person über seine Briefe in deutscher Sprache ausgelacht hat. Dies traf ihn richtig ins Herz, denn dieser Menschen war für ihn sehr wichtig.

Er sagte mir mit leiser Stimme, dass er sogar angefangen habe, diese Sprache zu hassen und dass man die Vorurteile über die deutsche Sprache durchaus verstehen könnte.

Trotz seiner Überlegenheit in vielen anderen Bereichen zeigte er mir, wie leicht er als Mensch verletzt werden konnte und vor allem, dass die Beherrschung der deutschen Sprache sein größter Schwachpunkt war.

11. Der Walzer der Liebe

An einem Abend in einer lauschigen Sommernacht saßen wir zusammen in seinem Garten bei einem sehr guten Rotwein und sprachen über alles und nichts.

Dann fragte ich ihn, wie er seine jetzige Frau kennengelernt hatte. Er schaute mich tief bewegt an und sagte, ich habe eine kleine Sirene kennen gelernt, mit sehr schönen Smaragden als Augen.

Sie war so unschuldig und hatte so viel Lebensfreude. Zudem war sie ein Mädchen vom Lande. Dieser Nixe konnte ich nicht widerstehen, es war um meinen Verstand geschehen. Zu dem Zeitpunkt spürte ich, dass dieses Mädchen die Frau meines Lebens ist. Ich konnte nicht mehr denken, ich wurde nur unsicher und sprach und sprach, aber dieses Mal hatte ich ein Lächeln, nicht mit ironisch, sondern vor Liebe. Ich hatte plötzlich Herzrasen und konnte keine klaren Gedanken mehr fassen. Ich habe nie gefragt, ob diese Liebe mich viel oder wenig kosten würde, es war mir egal. Dieses kleine Mädchen sollte meine Frau sein.

12. Die falsche Entscheidung?

Er versprach mir die ganze Geschichte zu erzählen. An einem weiteren Abend, es war bereits Herbst, aber trotzdem konnte man noch im Garten sitzen und wieder Mal bei einem guten Glas Wein fing er an mir zu erzählen.

Nach mehreren Jahren sind sie ein Ehepaar geworden, trotz Intrigen ihrer älteren Schwester, was für Leonidas den Großen eine sehr schwere Last zu tragen war.

Unverständlich, dass eine Bigotte, die nicht den erträumten Ehemann erhielt und die die beste Verkörperung eines Gutmenschen war, so viel Falschheit entwickelt und Leonidas dem Großen so viele Schwierigkeiten und so viele Verletzungen und Narben zugefügt hat.

13. Die oberflächliche Gesellschaft

Im Alter merkte Leonidas der Große, dass die deutsche Gesellschaft sehr oft eine oberflächliche Gesellschaft ist, ausgenommen einer Minderheit, und das machte ihm stets sehr viel Kummer und Sorgen.

Die Oberflächlichkeit, verbunden mit einer Verdummung des Volkes durch Medien und Politik, machte ihm sehr stark zu schaffen, zudem der Mainstream im Denken sowie das erwartete Verhalten nichts anderes war als die Verengung der eigenen Persönlichkeit, machte ihm Angst.

Ob sich junge oder ältere Leute auf ihrer Haut tätowieren ließen oder ob die Menschen bei jeder Gelegenheit auf der Straße, in Geselligkeit, im Restaurant oder im Kino nur noch fixiert auf ihre Smartphones waren, machte ihm Angst. Denn für ihn war dies eine Verklonung des menschlichen Verhaltens.

Es machte ihm auch Angst, dass in Teilen der Gesellschaft ethische Werte wie Respekt, Anstand, Höflichkeit, Zuverlässigkeit, Treue keinerlei Bedeutung mehr hatten.

Es machte ihm auch Angst, dass die deutsche Gesellschaft letztendlich eine geschlossene Gesellschaft war, die nur von Toleranz sprach um den Rest der Welt zu beruhigen und in Wahrheit sehr intolerant war.

Es machte ihm die Zunahme von Gewalt gegen jegliche Art von Menschen und vor allem gegen die Älteren Angst. Das kritische Denken als ein wichtiger Teil seiner Persönlichkeit wurde überhaupt nicht mehr erwünscht.

14. Das unglückliche Schicksal

Ich habe mich gefragt, ob Leonidas der Große mit dem nach außen sichtbarem Reichtum und verbunden mit einer außergewöhnlichen Persönlichkeit und mit hoher Bildung, viel Kultur und Wissen überhaupt glücklich sein konnte.

Eines Tages lud ich ihn zu mir ein und wir aßen zusammen mit einer nette Flasche Wein, meine Frau war nicht dabei, deswegen saßen wir auf die Veranda. Es war ein Abend im August, der nicht regnerisch war und sehr angenehm.

Ich sprach über die Politik, über die Gesellschaft, über die Philosophie und über die Religion. Zu einem späten Zeitpunkt erlaubte ich mir, eine Frage und zwar eine persönliche Frage an Leonidas zu stellen, und zwar ob er glücklich wäre.

Er sah mich mit Tränen in den Augen an und verneinte diese Frage. Er wollte mir erzählen, warum er nach Deutschland gekommen war, aber er brach seine Ausführungen mehrmals ab, weil er sehr mitgenommen war und sagte mir dann, „Schau mal ich bin ein Mensch aus dem Mittelmeerraum d. h. aus dem Süden von Europa. Auch wenn meine Familie reich ist, habe ich ein sehr tolerantes Umfeld genossen, ich habe mit sehr vielen anderen Kulturen zu tun gehabt und bin groß geworden in einem multikulturellen Umfeld. Ich bin nicht als Gastarbeiter nach Deutschland gekommen, ich habe an den Universitäten weiterführende Bildung genossen und dafür bin ich dankbar.

Ich habe in anderen Sprachen mehr oder weniger gelernt, habe in anderen Kulturen mehr oder weniger gelernt. Man hat mich immer vor diesem Land gewarnt und trotz der negativen Vorurteile bin ich in dieses Land gekommen. Man hatte mir aber auch gesagt, dass diese Leute – ob sie sich als Touristen bei uns gut benommen haben oder nicht, nichts aus der Geschichte gelernt haben.

Ich habe stets diese negativen Vorurteile von mir abgewiesen und nicht angenommen. Ich bin seit über 50 Jahren in diesem Land und damit konfrontiert, dass die negativen Vorurteile wohl eine reale Grundlage haben.

Sie treffen zu, wenn ich meine Nachbarn oder einen Teil meiner Nachbarn betrachte. Wenn man die gesamte Bevölkerung sehr kritisch betrachten würde, würde das Urteil zutreffen.

Angesichts der Mittelmäßigkeit der politischen Eliten, angesichts des Opportunismus in Teilen der Bevölkerung, angesichts der Mittelmäßigkeit der Wirtschaftselite, angesichts der Mittelmäßigkeit der sozialen Elite und vor allem angesichts der Verdrängung der deutschen Geschichte dürfte es nicht schwer sein, bei irgend einer wirtschaftliche Krise wieder ein autokratisches System zu haben.

Angeblich ist die aktuelle Hegemonie der deutschen Wirtschaft dank ihres Know-hows und Tatkraft entstanden. Dies verneinte Leonidas. Sie hätten mehr oder weniger in Europa zu Lasten ihrer Nachbarn gelebt, meinte er trocken.

Nach 50 Jahren Aufenthalt muss ich leider, so Leonidas, feststellen dass ein großer Teil der deutschen Bevölkerung ihre Identität verloren hat. Insbesondere glauben sie alles, was die Glücksritter ihnen erzählen.

Dies wird eines Tages zur Zunahme eines destruktiven Nationalismus führen. Was mich anbetrifft, meinte er, ich bin fest überzeugt, sollte es wieder Konzentrationslager geben, ich wäre der erste der dahin geschickt würde. Nach diesen kleinen Monologen trank er sein Glas leer und sagte abermals freundlich auf Wiedersehen.

15. Die Fata Morgana von Leonidas dem Großen

An einen Tag sah Leonidas nicht gut aus, er war irgendwie sehr traurig und hatte Tränen in den Augen. Er saß in einem kleinen italienischen Kaffee bei einem Espresso und trank ihn ganz langsam, er war in Gedanken versunken und nahm seine Umgebung nicht wahr.

Ich grüßte ihn, er hob den Kopf und bat mich Platz zu nehmen. Wir bestellten ein weitere Runde Kaffee und ich fragte ihn, wie es ihm ginge. Er schaute mir ganz tief in die Augen und das verschmitzte Lächeln verschwand. „Ich habe gerade eine Art von Zwischenbilanz gemacht. Ich glaube und ich werde immer mehr davon überzeugt, dass ich mich geirrt habe und einer Fata Morgana unterlegen bin.

Obwohl ich gewarnt worden bin vor diesem Land habe ich mich auf dieses Risiko eingelassen, wohlwissend dass ich niemandem die Schuld dafür geben würde.

Dieser strategische Fehler verfolgt mich seit über 50 Jahren, nach dem Preis habe ich nie gefragt und obwohl ich von meinem Umfeld gewarnt war, bleibt es ein Rätsel, warum ich dies nicht befolgt habe.

Ich trage sehr viele Narben und ich weiß nicht, wie viele ich noch vertragen kann.

Und ich bin sicher, wenn ich nicht mehr da sein werde, werde ich so schnell vergessen, als ob ich nie da gewesen wäre.

Wir sind kinderlos und das macht mir im Alter sehr stark zu schaffen. Ich möchte jedoch nicht meine Frau mit diesem Problem belasten und deswegen versuche ich, diese Probleme mit mir selber auszumachen.

Wenn ich jedoch ein Kind hätte, würde ich ihm direkt empfehlen dieses Land zu verlassen. Und vor allem ich würde ich alles daransetzen, ihm beizubringen, niemals einer Fata Morgana zu unterliegen.

16. Die Leistungen und Begabungen von Leonidas dem Großen

Ich fragte mich sehr oft, welche Leistung er gebracht und welche Begabungen Leonidas der Große hatte und ich musste feststellen, dass man ohne Übertreibung bei ihm ein sehr breites Wissen in sehr vielen Bereichen feststellen konnte. Man konnte bei ihm auch ein ausgesprochen analytisches Denken finden verbunden mit der Fähigkeit, Konzepte und Lösungen zu erstellen und zu finden. Er hat für Deutschland sehr viel getan, sei es mit den Investitionen, sei es mit seinem Einsatz im Ausland, seien es seine Mahnungen über Fehlentwicklungen, es sei durch die Bereicherung im persönlichen Kontakt.

Zudem er hat stets dafür Sorge getragen, dass eine gewisse wirtschaftliche Grundlage für seine Frau da war, nachdem er sie fast an den Rand des wirtschaftlichen Aus gebracht hatte und dass er es geschafft hatte, wieder in die obere Mittelschicht aufzusteigen.

Dies hat er jedoch ohne Hilfe von Niemandem außer von seiner Frau geschafft. Ob sein Umfeld dies jemals erfahren würde, ist zweifelhaft.

Leonidas war auch ein Partner, der zu seinem Umfeld die Treue hielt - ob zu seiner Frau, seinen Geschäftspartnern, seinem sonstigen Umfeld und dies hat ihm sehr oft den Ruf des Trottels eingebracht.

Er konnte aber auch äußerst unangenehm werden, wenn man gegen Grundprinzipien der Ethik verstoßen hat. Er hat in Deutschland mit Sicherheit für mehrere Millionen Investitionen durchgeführt und dies nicht immer zu seiner Freude.

Er hat sich stets den Problemen gestellt und einen gangbaren Weg gefunden. Das hieß sehr oft Prügel zu beziehen und wieder aufzustehen und weiter zu kämpfen - was bei ihm sehr ausgeprägt war.

17. Die Diskussionen mit Leonidas dem Großen

Ich werde die Diskussionen mit Leonidas dem Großen nie vergessen, insbesondere die die an den Abenden aus seiner Veranda und bei einer guten Flasche Wein stattfanden.

Themen der Diskussionen waren sehr oft die politische Lage, die Geschichte und vor allem die europäische Geschichte, die deutsche Gesellschaft und ihre Entwicklung, der Rassismus und der Antisemitismus, philosophische Themen, Bewertung der politischen und wirtschaftlichen Eliten und deren Entwicklung. Andere Themen, die ihm sehr am Herzen lagen, waren ethische Themen.

Ein Teil der Diskussionen insbesondere die politischen Diskussionen waren sehr tiefgründig und sie waren sehr oft auch kontrovers.

Die Demokratie in Deutschland bereitete ihm viele Sorgen, denn aus seiner Sicht existierte die direkte Demokratie gar nicht. Insbesondere ärgerte ihn, dass die Parteien die Listen für die Wahlen ohne jeglichen demokratischen Prozess nach Gutdünken der Parteieliten aufstellten und damit eine Art der Disziplinierung von Parteimitgliedern vorgenommen haben. Damit verbunden war jedoch, dass der Wähler keine Wahl über die Zusammensetzung des Parlaments und damit der Legislative hatte. Da die Exekutive durch das Parlament gewählt wird, hatte nach seiner Ansicht auch der Wähler keine Chancen mit zu wählen, die Parteien und die Freiheiten der Parteien waren nach seiner Ansicht nicht mehr zu rechtfertigen. In Deutschland gab es nach seiner Ansicht ein Oligopol der Parteien.

Für die Jahre der Gründung der Bundesrepublik war es für ihn sehr verständlich, dass sowohl die Alliierten als auch die damaligen politischen Eliten Angst hatten vor einem Putsch versteckter Nazis. Jedoch mit der Wiedervereinigung und nach 50 Jahren sollte es doch möglich sein, Elemente der direkten Demokratie in das politische System Deutschlands einzubauen.

Ein anderes Thema machte ihm auch große Sorgen, und zwar der Stand der Verfassung und der Gesetze, die in Deutschland als gottgegeben betrachtet werden, obwohl sowohl Verfassung als auch Gesetze von Menschen gemacht werden und da der Mensch nicht unfehlbar ist, können die Gesetze nicht perfekt sein, meinte er.

Zudem stellt die Vorläufigkeit des Grundgesetzes ein erhebliches Risiko für das Land dar, bedenkt man, dass parallel zu dem Grundgesetz die Reichsverfassung formal nicht total außer Kraft gesetzt worden ist.

Die deutsche politische Elite hat niemals langfristig gedacht und schon gar nicht an das Verhältnis zu ihren Nachbarn. Ein weiterer Gesichtspunkt beschäftigte Leonidas und zwar das grundlegende Problem des Wechsels in der Demokratie, der von einem großen Teil der deutschen Wählerschaft absolut nicht gewünscht wäre.

Dies ist nach seiner Meinung durch den Mangel an kritischem Sinn der Wählerschaft bedingt, das von der politischen und wirtschaftlichen Elite des Landes allerdings gezüchtet und gefördert wird. Insbesondere die sogenannten Volksparteien haben ihrer Wählerschaft indoktriniert, dass sie alle Probleme lösen, ohne dass der Wähler sich darum bemühen sollte.

Insbesondere in der Kanzlerschaft von Angela Merkel war dies eines der Hauptthemen. Dies machte Leonidas jedoch sehr kritisch gegen die Wählerschaft und gegenüber der Gesellschaft, da er befürchtete, dass 1933 sich wiederholen könnte.

Insbesondere der Aufstieg von autokratischen Systemen in Europa und weltweit, sei es die PiS in Polen, die Konservativen mit ihrem Brexit in England, Victor Urban in Ungarn, der Lega in Italien, Le Pen in Frankreich oder Ronald Trump in den USA: dies sind Entwicklungen, die durch die Spaltung der Gesellschaften in sehr reiche Teile und in sehr arme Mehrheiten entstanden sind.

Insbesondere hat nach seiner Meinung die neoliberale Wirtschaftspolitik dazu in erheblichem Maß beigetragen und vor allem zu dem Nationalismus, der durch eine zügellose Globalisierung befeuert wird.

Für Leonidas waren es diese wirtschaftlichen Probleme, die weltweit letztendlich zu extremem Nationalismus und dazu führen würden, dass möglicherweise auch Kriege entstehen können.

Ein anderes Problem waren für ihn die Verfallssymptome der Gesellschaften, die insbesondere in den europäischen und nordamerikanischen Ländern zu verzeichnen sind und insbesondere in den sogenannten Ländern der ersten Welt. Diese Entwicklungen sind verbunden mit dem Verlust von Ethik und Moral, Verlust von Respekt, Verfallssymptomen in der Bildung und Zunahme der Kriminalität insbesondere bei Jugendlichen und Heranwachsenden.

Wenn das alles nicht ausreicht, ist die Zunahme von Rassismus, Faschismus, Antisemitismus und Islamophobie ein erstes Zeichen, dass die Eliten in allen Ebenen an Glaubwürdigkeit erheblich verloren haben und dies machte nicht Halt vor der Kirche, die jegliche Glaubwürdigkeit verloren hat.

Für ihn war es unerträglich, dass die Korruption den Journalismus unterlaufen hat, sodass dessen ursprüngliche Aufgabe als vierte Macht im Staat ad absurdum geführt worden ist und die Journalisten sich nicht anders als ein Sprachrohr der Mächtigen verhielten.

Diese Entwicklungen waren für ihn nichts anderes als Tretminen für die Zukunft. Daher versuchte er, in seinem Kreis die Menschen aufzurütteln und deren kritischen Sinn zu schärfen.

Was für ihn noch eine zusätzliche Belastung war, war die Erkenntnis, dass ein Teil der deutschen Bevölkerung keinerlei Kenntnisse hat über die Kulturen ihrer Nachbarländer - sei es Frankreich, England, Belgien, die Niederlande, Spanien, Portugal oder Italien, von den östlichen und nördlichen Nachbarn.

Ich war sehr verblüfft über die Breite und den Umfang der Kenntnisse von Leonidas und vor allem der Tiefe seiner Kenntnisse in einer großen

Anzahl von Feldern, seien es politische, geopolitische, wirtschaftliche, soziale und sogar philosophische.

Eines Tages fragte ich ihn, ob er eine Lösung für diese gefährliche Entwicklung des Landes hätte. Er sah mir tief in die Augen, schwieg fast 10 Minuten lang, starrte mir noch mal in die Augen und mit traurigem Blick sagte er mir: wir haben zwei Möglichkeiten.

Die erste Möglichkeit ist, dass man den kritischen Sinn beim Volk erweckt und dass die Völker ihre Haltung gegenüber dem Kapital und multinationalen Unternehmen schärfen, die nicht mehr beherrschbar sind sowie gegenüber den sogenannten sozialen Medien und jeglichen Wirtschaftsunternehmen, die nicht ihren Beitrag für die Gesellschaft leisten, da sie Steuerflucht begehen, und gegenüber den Verkäufern des Glücks und geistigen Brandstiftern und vor allem dafür Sorge zu tragen, dass unsere Kinder eine erstklassige Bildung erhalten und mit den notwendigen Werkzeugen umgehen können, denn die Kinder sind der Reichtum eines Landes.

Die zweite Möglichkeit ist nichts zu tun und zu warten, bis die Evolution für die Menschen zu einer endgültigen Lösung führt und die Dominanz des Menschen und vor allem des weißen Menschen ad absurdum führt.

Als ich seine Ausführungen hörte, habe ich verstanden, dass Leonidas nicht nur ein Ökonom, sondern ein Philosoph und Soziologe war und dass er grundsätzliche und tiefe ethische Überzeugungen besaß.

18. Der tägliche Kampf um die Daseinsberechtigung und die faulen Kompromisse

Der tagtägliche Kampf um seine Daseinsberechtigung bereitete Leonidas dem Großen sehr viele Probleme. Insbesondere Vorurteile und der tagtägliche Rassismus, die er sehr oft stoisch ertrug, sei es bei der Bank, beim Postamt, in der Straße, verletzten ihn sehr tief. Sobald er sprach merkte man, dass er seinen sogenannten ausländischen Akzent nie hat ablegen können.

Es hatte mir folgende Vorkommnisse erzählt. In einem seiner Häuser arbeiteten die Gärtner, als Beamte des Bauordnungsamtes erschienen und berichteten, dass ein Nachbar sie darauf aufmerksam gemacht hätte, dass sie unbefugt einen geschützten Baum fällen würden. Sie riefen Leonidas an, der jedoch nicht in diesem Haus wohnte und als er dort ankam, zeigte er den Kontrolleuren, dass dies nicht der Fall wäre. Außerdem war laut den Beamten eine anonyme Anzeige gemacht worden, dass die Gärtner nicht legal arbeiten würden bzw. sogenannte Schwarzarbeiter wären. Auch in diesem Punkt wurde den Kontrolleuren bewiesen, dass dies nicht der Fall war. In diesem Moment erschien auf dem Nachbargrundstück der anonyme Anzeigende, der der sich nicht mal mit Namen vorstellte und sich weigerte seinen Namen zu nennen, und fragte Leonidas' Mitarbeiter, warum sie wohl bei einem Ausländer arbeiten würden und ob sie das nötig hätten. Er war ein verkappter Nazi, einer der Gutmenschen, der auf der anderen Seite der Straße wohnt. Leonidas ließ es sich nicht nehmen ihn darauf hinzuweisen, dass er alle Anzeichen eines Nazis hätte.

Eine andere kleine Geschichte zeigt, wie tief der Rassismus in der Mitte der Gesellschaft angekommen war. Er ging mit einem Dreitagebart zum Postamt und hat sich in der Schlange vor dem Schalter angestellt, um bedient zu werden. Plötzlich kam eine 30-jährige Frau, die ihn an der Schulter fasste, als ob er ein Dreck wäre, zog an ihm und meinte, deutsche Frauen hätten den Vortritt. Leonidas war so verblüfft, dass er gar nichts gesagt hatte. Es musste jedoch auch feststellen, dass diese Frau von anderen deutschen Frauen und Männern regelrecht zurechtgewiesen worden ist und dass sogar Frauen, die vor Leonidas in der Schlange standen, ihm ihren Platz angeboten hatten.

Die schlimmste Verlogenheit und Niedrigkeit erfuhr er von seinem Nachbarn, der angeblich zu einer sozialen Elite gehörte und der in einer kirchlich orientierten Organisation arbeitete. Mit Falschheit und Verlogenheit unter der Maske der Kirche streute er falsche Informationen über Leonidas und seine Familie und vor allem Intrigen beim Bauordnungsamt.

Solche Erlebnisse hat er mehrfach erlitten und er war jedes Mal sehr verletzt und jedes Mal hatte er eine zusätzliche Narbe erhalten.

19. Kummer und Sorgen von Leonidas dem Großen

Je älter Leonidas wurde desto mehr hatte ich das Gefühl, dass er unglücklicher war und immer stiller wurde, ob mit seiner Frau oder seinem Umfeld.

Er beobachtete sehr genau die Entwicklungen in seiner Familie, die Entwicklung seines Umfelds, die Entwicklungen in der Straße, in der Gesellschaft und in Deutschland. Während einer unserer letzten Diskussionen hat er mir gestanden, dass er äußerst unglücklich über diese Entwicklungen war und dass er möglicherweise einen großen Fehler in seinem Leben gemacht hatte, überhaupt nach Deutschland gekommen zu sein, obwohl er von seinem gesamten Umfeld vor diesem Land gewarnt worden war. Aber, meinte er, ich beklage mich nicht und frage nicht nach dem Preis. Ich habe selbst entschieden und jeder Mensch hat Anrecht auf einen Fehler in seinem Leben.

Insbesondere die Zunahme von Rassismus und Nazitum machten ihm äußerst zu schaffen, denn er wusste um die Konsequenzen und er hat am eigenen Leib über 30 Jahre lang erfahren, was Rassismus bedeutet.

Er hatte nicht mehr geglaubt, dass die Dummheit der Völker sich wiederholt und hat an die Einmaligkeit der Zustände im Zweiten Weltkriegs geglaubt. In seinen alten Tagen war er mehr denn je davon überzeugt, dass die Geschichte sich trotz gegenteiligen Beteuerungen doch wiederholen würde. Er hatte nie an die Korruption von Völkern geglaubt, wurde jedoch eines Besseren belehrt. Er hatte nie an einen Wiederaufstieg von Nationalismus geglaubt, sei es in den USA, in England oder in Frankreich, und er hatte vor allem immer an den Menschen geglaubt und wurde doch bitter getäuscht.

20. Das Ende von Leonidas dem Großen

Ich hatte schon lange Leonidas nicht mehr gesehen und war sehr beunruhigt. Eines Tages sah ich seine Frau alleine. Die Gerüchte um Leonidas hatten ständig zugenommen, für die einen war er zurückgegangen nach Frankreich, für die anderen hatte er eine Weltreise gemacht, oder dass er in Afrika sei und für die dritten war er tot.

Niemand wusste, wo Leonidas der Große geblieben war, er verschwand einfach. Als ob er noch nie existiert hätte. Was von ihm blieb waren seine Frau und die Häuser, seine Bibliothek und seine Bücher.

Eines Tags fragte ich seine Frau nach dem Verbleib von Leonidas. Sie schaute mich mit Tränen in den Augen an und meinte, sie wisse nicht wo er geblieben ist. Sie war bei der Polizei und hat eine Vermisstenanzeige gestellt, auch die Polizei wüsste nicht wo er geblieben ist, er hinterließ keine einzige Spur, so als ob er nie existiert hätte.

Man hat weder seinen Körper, noch seine Papiere noch irgendetwas von ihm gefunden. In der Straße war langsam alles wie üblich, als ob Leonidas der Große niemals hier gelebt und gewohnt hätte. Auch seine besten Nachbarn haben nie wieder über ihn gesprochen, als ob er niemals mit ihnen geredet oder ihnen geholfen hätte.

21. Warum war Leonidas einer der Großen?

Auch ich bin ich älter geworden und habe weiße Haare und wohne immer noch in der Straße und bin immer noch Nachbar des Hauses von Leonidas.

Ich habe ihn nie wieder gesehen und wenn ich abends beim Spaziergang am Rhein mich auf eine Bank setze, hatte ich das Gefühl dass er neben mir saß und mir die Zusammenhänge erklärte, die Grundlagen des Lebens, die Ethik, die Kultur und vor allem die französische Kultur und die Dummheit der Völker und mich aufforderte, stets zu kämpfen.

Für mich war er ein Großer, weil er authentisch war, er war kritisch, und trug die Konsequenzen seiner Entscheidungen ohne zu jammern und er war stets höflich und respektvoll gegenüber seinem Gegenüber. Er hat niemals die Leute beschimpft und hatte einen ausgesprochenen Sinn für Gerechtigkeit. Für mich war Leonidas eine Größe mit ausgesprochen hoher Sozialkompetenz, mit einer Grundlage an Ethik und vor allem mit einem Kompass, den er täglich im Spiegel kontrollierte.

22. Epilog

Ich hatte das Glück jemanden wie Leonidas den Großen zu treffen, der sehr ungewöhnlich war und nicht in die üblichen Schubladen passte. Er war weder ein Engel, noch ein Teufel, noch eine Berühmtheit, aber er hatte für sich seine eigenen ethischen Regeln festgelegt, die er stets befolgt hat.

Sein kritischer Sinn und sein tagtäglicher Kampf in Deutschland, seine Kompetenzen und sein Wissen und seine Treue zu seiner Frau und seinem Umfeld machten aus ihm ein Juwel. Er hat Deutschland tagtäglich mit seinem Witz, seiner positiven Kritik und seinem Kampf gegen Engstirnigkeit und Rassismus alles gegeben.

MIX
Papier | Fördert
gute Waldnutzung
FSC® C083411

Zeitfracht Medien GmbH
Ferdinand-Jühlke-Straße 7
99095 Erfurt, Deutschland
produktsicherheit@kolibri360.de